LE CHEVAL AILÉ

Hachette Livre, 43, quai de Grenelle, 75015 Paris.

Adam Blade

Adapté de l'anglais
par Blandine Longre

LE CHEVAL AILÉ

Le Puits

Les Portes
de la ville

Château
de Maluel

La Ville de l'Ouest

La Rivière

Porte
du Lion

Les
Marécages

TOM

Au royaume d'Avantia, Tom est un héros : il a déjà rempli deux missions que lui avaient confiées le sorcier Aduro et le roi Hugo. Il a même vaincu les Bêtes maléfiques de Malvel. Il ne se décourage jamais face au danger ! Avec l'aide de son amie Elena, il a retrouvé l'armure magique d'Avantia : il possède désormais des pouvoirs pour remporter d'autres combats, et sauver le royaume !

ELENA

Elena, une jeune orpheline, est devenue la meilleure amie de Tom. Elle le suit dans toutes ses aventures et l'aide à surmonter de nombreux obstacles. Elle a souvent de bonnes idées, surtout lorsqu'ils sont en danger. Aussi courageuse que Tom, elle se montre vraiment douée au tir à l'arc, ce qui est parfois très utile ! Elle ne se sépare jamais de son fidèle compagnon, Silver, un loup qu'elle adore.

ADURO

Aduro, le bon sorcier à la longue barbe blanche, vit au palais du roi Hugo, à Avantia. Il compte beaucoup sur Tom et Elena pour sauver le royaume, car il sait qu'ils sont très courageux. Gentil, généreux et sage, il se sert de ses pouvoirs magiques pour guider Tom dans ses missions, et il lui donne souvent d'excellents conseils pour affronter son ennemi juré, Malvel.

MALVEL

Malvel est un puissant sorcier qui règne sur le royaume des Ombres, Gorgonia. Il terrifie les habitants de son royaume. Son seul but est de détruire Avantia, en se servant de Bêtes maléfiques qu'il a créées et qui lui obéissent aveuglément. Il se moque souvent de Tom pour essayer de le décourager… et quand le garçon se montre plus fort que lui, il devient fou de rage !

Bonjour. Je suis Kerlo, le gardien des Portes qui séparent Avantia et Gorgonia. Malvel, le sorcier maléfique, règne sur le royaume des Ombres, où le ciel est toujours rouge et l'eau noire.

C'est ici que Tom et Elena doivent poursuivre leur quête...

Six Bêtes vivent à Gorgonia : Torgor l'homme-taureau, Skor le cheval ailé, Narga le serpent marin, Kaymon le chien des Ténèbres, Tusk le Seigneur des éléphants et Sting l'homme-scorpion. Elles sont toutes plus terribles les unes que les autres. Tom et Elena ne se doutent pas de ce qui les attend... Même s'ils ont rempli leurs précédentes missions, ça ne signifie pas qu'ils réussiront celle-ci. S'ils ne sont pas assez braves et déterminés, ils échoueront !

Si tu oses suivre une nouvelle fois les aventures de Tom, je te conseille d'être aussi courageux que lui...

Fais très attention à toi...

Kerlo

Tom et Elena ont finalement sauvé Tagus, l'homme-cheval, qui est rentré à Avantia avec Aduro. Ils ont aussi vaincu la première des six Bêtes maléfiques de Gorgonia : le terrifiant Torgor, l'homme-taureau. Mais leurs aventures dans le royaume des Ombres sont loin d'être terminées… car Epos, l'oiseau-flamme, est maintenant en danger !

Les nouveaux pouvoirs de Tom vont-ils leur suffire pour affronter une autre Bête maléfique, créée par le terrible Malvel ?

Hallam avance lentement dans l'obscurité. Les grands arbres de la forêt se dressent au-dessus de lui. Il a l'impression que des créatures menaçantes se cachent derrière les troncs ou sous les fougères... Des cris d'animaux et des croassements effrayants résonnent autour de lui.

Hallam et les autres rebelles ne sont plus en sécurité dans la forêt, depuis que Malvel et son armée ont commencé à les pourchasser et à brûler les villages. Il y a aussi de terribles Bêtes... L'homme frissonne en se souvenant de ses amis qui ont été tués par Torgor, l'homme-taureau.

Une liane effleure son cou : en la repoussant, il s'aperçoit que c'est un serpent aux yeux rouges !

Hallam pousse un cri de terreur et tombe en arrière. Il se relève et s'enfuit quand soudain, il se met à glisser le long d'une pente. Tout en bas, il voit

un nid de vipères ! Il essaie de ralentir en plantant ses talons dans le sol et il s'arrête à un mètre des serpents.

Le cœur battant, l'homme remonte la pente en tremblant.

« Il faut que je sois plus prudent, se dit-il, ou l'armée de Malvel va me trouver ! »

Adossé à un tronc d'arbre, il reprend son souffle. Il touche l'écorce qui est douce, comme... des plumes.

Hallam fait volte-face.

Un cheval se dresse au-dessus de lui et le regarde fixement. Mais ce n'est pas un cheval ordinaire : c'est une Bête énorme ! Hallam a le ventre noué par la peur. Le monstre ouvre la bouche, laissant apparaître des dents jaunes, couvertes de salive.

Hallam tombe à genoux, devant les sabots dorés du cheval, et se recroqueville contre la terre. La Bête déploie des ailes immenses et se met à voler au-dessus de lui. Puis elle rejette la tête en arrière et pousse un hennissement. Ses yeux lancent des étincelles argentées, qui éclairent les feuilles des arbres. Et tout à coup, les terribles mâchoires de la Bête s'approchent, prêtes à se refermer sur Hallam...

Il est perdu !

Chapitre un

Une vision dans l'eau

— Il faut laver tes blessures, déclare Elena.

Tom et son amie sont au bord d'une rivière qui traverse les plaines poussiéreuses de Gorgonia. Mais l'eau est boueuse et des bulles éclatent à la surface.

Elena nettoie le bras de Tom, là où la hache de Torgor l'a blessé. Le combat a été difficile, et pourtant, le garçon a réussi à libérer Tagus, l'homme-cheval.

La jeune fille écrase les plantes que la tante de Tom lui a remises, elle les mélange à de l'eau et fabrique une pâte épaisse : elle en couvre le bras de son ami.

— Tu est sûre que ces plantes sont efficaces ? demande-t-il.

— Oui, certaine, répond Elena en souriant.

Aussitôt, Tom s'aperçoit qu'il a déjà moins mal.

— Ça marche ! s'écrie-t-il. Merci. Sans toi, je n'aurais jamais pu survivre à toutes nos aventures.

Tout à coup, Silver, le loup d'Elena, se met à courir le long de la rivière en aboyant. Tempête, le cheval de Tom, donne des coups de sabot sur le sol et secoue sa crinière.

— Qu'est-ce qui leur arrive ? s'étonne Elena.

— On dirait qu'ils ont peur de quelque chose...

Tom scrute l'eau, qui est très calme. Soudain, une vague apparaît au milieu de la rivière et la surface se met à onduler : Tom et Elena voient une bouche se former, puis un nez et des yeux !

— Aduro ! s'exclame le garçon.

— Bonjour ! leur lance le bon sorcier. Encore une fois, je vous félicite : vous avez vaincu Torgor. Comme vous le savez, mes pouvoirs magiques sont faibles à Gorgonia, et je ne peux pas rester très longtemps avec vous.

— Quelle est notre prochaine mission ? l'interroge Tom.

— Vous devez pourchasser une autre Bête. Son nom est Skor.

Le visage d'Aduro commence à disparaître et sa voix est de plus en plus faible.

— Prenez garde, leur murmure-t-il. La menace viendra de la terre et de l'air. N'oubliez pas... de la terre et de l'air...

Son visage se transforme en vaguelettes et s'évanouit complètement.

— Tu as compris son avertissement ? demande Elena.

— Non, répond son ami. Mais on sait déjà qu'Epos est en danger.

En effet, sur son bouclier, la griffe de l'oiseau-flamme n'arrête pas de vibrer.

Tom ramasse son bouclier

et son épée, puis il resserre la ceinture magique autour de sa taille : dans une des encoches de la ceinture, il y a le rubis qu'il a gagné après avoir vaincu Torgor. Cette pierre précieuse lui permet de communiquer avec les Bêtes d'Avantia.

Est-ce qu'il va obtenir d'autres pouvoirs pendant sa quête ?

Tom se tourne vers la jeune fille.

— Quelle est la direction qu'on doit prendre, maintenant ?

21

Elena déroule la carte de Gorgonia que Malvel leur a donnée.

— Regarde ! s'exclame-t-elle. Il y a un sentier.

Tom se penche vers la carte et aperçoit une ligne verte qui serpente en direction d'une forêt tropicale, très loin des plaines.

— Je vois même Epos, là ! Il est caché derrière ces arbres ! s'écrie le garçon. Il a besoin de notre aide.

— Cet endroit a l'air dangereux, dit Elena. Tu crois qu'on peut faire confiance à la carte de Malvel ?

Tom pose une main sur l'épaule de son amie.

— Ne t'inquiète pas : on a déjà combattu de nombreuses Bêtes ensemble. Et cette fois encore, on réussira à déjouer les plans de Malvel !

Chapitre deux

Vers le danger

Sur le dos de Tempête, Tom et Elena traversent les plaines au galop, tandis que Silver bondit à côté d'eux. Le soleil de Gorgonia est caché derrière d'épais nuages rouges et tourbillonnants.

Le sol est caillouteux et le cheval trébuche souvent, mais

Tom tient fermement les rênes.

— Avantia me manque, chuchote Elena. Ce royaume est comme...

— Mort, termine Tom.

La jeune fille frissonne. En effet, tout paraît désert et abandonné.

Au bout d'un moment, ils aperçoivent quelque chose à l'horizon. Le cœur de Tom bat à toute vitesse. Il serre plus fort les rênes de Tempête et l'oblige à ralentir... Heureusement, il s'agit seulement d'un arbre mort.

L'arbre ressemble à une main squelettique. Un énorme vautour aux ailes marron est perché sur une branche. Quand Tom et ses compagnons passent devant l'oiseau, celui-ci les fixe d'un œil cruel.

Silver pousse un aboie-
ment nerveux.

— C'est peut-être un es-
pion de Malvel ? murmure
Elena à l'oreille de son ami.

— Sûrement, répond le
garçon, en essayant de ne
pas montrer sa peur.

Bientôt, ils atteignent un
petit étang, dont l'eau a l'air
un peu plus propre que
celle de la rivière. Tom et
Elena descendent de cheval
pour remplir leurs gourdes.
Tempête penche la tête
pour boire, mais il renifle
l'eau et pousse un hennis-

sement. Silver se met à gronder.

— Hé ! Qu'est-ce qui vous arrive, tous les deux ? s'étonne la jeune fille.

Soudain elle aperçoit quelque chose de l'autre côté de l'étang.

— Beurk, regarde ! lance-t-elle à Tom.

Un squelette d'animal est à moitié sous l'eau. Des mouches bourdonnent autour.

— Cette eau est peut-être empoisonnée, déclare le garçon. Il vaut mieux ne pas la boire.

Tom et Elena remontent à cheval.

— Désolé, Tempête, s'excuse le garçon. Je sais que tu as soif, mais on doit poursuivre notre route.

Le cheval secoue sa crinière, puis il se remet en marche. Ils avancent rapidement, pourtant Tom a un mauvais pressentiment. Bientôt, ils traversent d'épais buissons et le garçon se demande si Malvel ne cherche pas à les affamer et à les épuiser.

— Attention ! crie Elena.

Juste devant eux, Tom aperçoit le bord d'une falaise. Il tire sur les rênes de toutes ses forces : Tempête hennit de terreur, en essayant de ralentir, mais ses sabots dérapent dans la poussière.

— Tempête n'a pas le temps de s'arrêter ! hurle Tom.

Ils vont basculer dans le vide !

Chapitre trois

Le précipice

Tempête se dresse sur ses pattes arrière et ses sabots s'agitent dans le vide. Le bord de la falaise commence à s'effriter... Tom sent qu'Elena bascule du cheval...

Il se retourne et voit que son amie est en sécurité, sur le sol. Quand tout à coup, il perd l'équilibre ! Le garçon essaie de s'agripper à la crinière de son cheval, mais il est trop tard...

Il tombe dans le vide ! Il se cogne contre la paroi de la falaise et se retrouve suspendu au-dessus du pré-cipice...

— Mon pied est pris dans l'étrier de Tempête ! crie-t-il, sans oser bouger.

— Tiens bon ! s'exclame Elena.

Puis elle se met à encou-rager le cheval, qui recule.

— C'est bien. Lentement, comme ça...

Tempête s'éloigne de la falaise et le garçon remonte peu à peu. Dès qu'il est près du bord, il se sert de ses bras pour grimper sur la terre ferme.

Étendu sur le sol, il pousse un soupir de soulagement. La jeune fille examine le précipice.

— Il faut qu'on le franchisse si on veut rejoindre Epos.

— Et là-bas, c'est sûrement la Forêt Tropicale, dit Tom en lui montrant les arbres de l'autre côté du ravin.

— On pourrait bondir par-dessus en se servant du pouvoir magique des bottes dorées ? propose Elena.

— Non, le précipice est trop large.

Le garçon observe l'horizon et, grâce à sa vue perçante, il distingue un pont qui traverse le ravin.

— Tu as vu ce pont ? dit-il
à son amie sur un ton dé-
terminé. On va pouvoir
franchir cet obstacle !

Elena et lui remontent en
selle. Tempête part au galop
vers le pont, et Silver court
à côté d'eux.

Mais en arrivant devant
le vieux pont de bois, qui

n'a pas l'air très solide, Tom doute… Puis il se rappelle que la cotte de mailles dorée lui a donné un autre pouvoir : le courage.

— C'est le seul moyen de traverser, déclare-t-il. Le problème, c'est que Tempête est trop lourd : il va falloir qu'il reste ici avec Silver.

— D'accord, répond Elena. Mais… où est Silver ?

Tom se retourne : le loup a disparu !

— Silver ! l'appelle Elena, très inquiète.

Au même moment, ils entendent un jappement derrière des rochers. Ils repartent au galop en direction du bruit et découvrent Silver, qui renifle un buisson couvert de baies rouges.

— Tu as trouvé à manger, bravo, Silver ! le félicite Elena en le caressant.

Tom et son amie ont tellement faim qu'ils avalent des poignées de fruits.

— C'est délicieux, constate la jeune fille en riant.

Soudain, Tom se sent pris de vertiges. Il regarde

Elena, mais tout devient flou !

Son amie avance vers lui en trébuchant.

— Ces baies sont empoisonnées ! s'écrie le garçon. C'est un piège de Malvel, j'en suis sûr.

— Qu'est-ce qu'on va faire ?

— Il faut quand même qu'on traverse le pont. Nous n'avons pas le choix ! Epos a besoin de nous.

Ils retournent au bord du précipice.

— Attendez-nous ici,

ordonne le garçon à Tempête et à Silver.

Les animaux ont l'air très inquiet, mais ils comprennent qu'il n'y a pas d'autre solution.

Tom passe devant Elena et pose un pied sur les vieilles planches de bois...

Chapitre quatre

La traversée du pont

— Fais attention ! lance Elena. Ne va pas trop vite.

Le pont grince sous le poids de Tom. Il ne voit rien à quelques pas devant lui, et il tend les mains pour s'aider des cordes.

Soudain, il entend un cri perçant et il lève les yeux. Une ombre noire tournoie dans le ciel : un aigle !

Est-ce un autre obstacle envoyé par Malvel ?

Tom, les mains agrippées aux cordes, continue d'avancer avec prudence, même s'il a la tête qui tourne et que le vent s'est levé.

— Tu peux me suivre ! dit-il à Elena.

Il se retourne et voit son amie poser un pied après l'autre sur les planches... Il se rend alors compte qu'il a fait une erreur : le pont se met à se balancer !

Malgré tout, Elena progresse lentement.

— C'est très bien ! l'encourage Tom. Tu es presque au milieu.

Tout à coup, la jeune fille trébuche : elle est sur le point de tomber dans le vide ! Elle réussit à se raccrocher à la corde, mais le pont oscille dangereusement, et Tom retient son souffle.

— Ça va ? s'inquiète-t-il.

— Oui, je crois !

L'aigle pousse de nouveau un cri perçant et Tom lève les yeux : est-ce que cet oiseau les surveille ?

45

Elena est maintenant arrivée près de Tom.

— On y est presque, constate le garçon, soulagé.

Soudain, il s'aperçoit que l'aigle s'est posé à l'autre bout du pont : il est en train d'arracher la corde avec son bec.

— Non ! hurle Tom.

Au même instant, la corde se casse en deux !

Tom et Elena sont projetés dans le vide, tandis que leurs cris résonnent...

Chapitre cinq

Sauvés !

L e garçon voit la paroi rocheuse défiler devant ses yeux. Mais bientôt, il a l'impression de ralentir. « Bien sûr ! pense-t-il. C'est grâce à mon bouclier magique. »

Dans sa chute, il réussit à s'accrocher à une corniche. Elena continue de tomber au-dessus de lui. Tom tend le bras et ses doigts s'agrippent au poignet de la jeune fille.

Rassemblant toutes ses forces, il soulève son amie pour l'aider à grimper sur la corniche. Ensuite, il se hisse à son tour et s'allonge sur le rebord étroit, épuisé.

— Merci, dit Elena. Tu m'as sauvé la vie ! Comment est-ce qu'on va remonter ?

Tom lève les yeux.

— Il faut qu'on escalade la roche, répond-il.

Malheureusement, la

paroi est glissante et, sans corde, ça va être difficile...

Tom trouve une prise pour son pied et se met à monter lentement. Elena le suit. Le garçon se concentre sur chacun de ses mouvements, même si ses muscles lui font mal et que ses jambes tremblent.

Tout à coup, il aperçoit un morceau de la corde qui pend dans le vide.

— On va s'en servir ! crie-t-il à son amie.

Il l'attrape et reprend son escalade en serrant la corde.

Derrière lui, il entend Elena, à bout de souffle. Dès qu'il arrive en haut de la falaise, il lui tend la main pour l'aider.

— On a réussi ! s'exclame-t-elle. On est de l'autre côté du précipice !

Tom se retourne et contemple la Forêt Tropicale : des arbres immenses, aux feuilles très vertes, cachent la lumière du jour. Des lianes s'enroulent autour des troncs, comme des serpents.

— Allons-y ! lance-t-il. Il

faut qu'Aduro soit fier de nous !

Ils se dépêchent d'entrer dans la forêt. De petits buissons d'épines accrochent leurs vêtements. Le sol est boueux, et Tom sent ses pieds s'enfoncer un peu.

Au bout d'un moment, il découvre des traces bizarres dans la boue, comme si quelque chose avait aplati la terre.

— Regarde, Elena... Ces empreintes ont la forme de...

— Sabots ! le coupe-t-elle.

— Oui, acquiesce Tom. Mais ces sabots sont dix fois plus larges que ceux de Tempête ! À quelle créature est-ce qu'ils peuvent bien appartenir ?

Soudain, Elena écarquille les yeux et tend le doigt.

— Skor ! hurle-t-elle.

Chapitre six

Le retour d'un ennemi

om se fige. Un cheval noir à la crinière blanche se tient au-dessus de lui. Des étincelles argentées jaillissent de ses yeux. La Bête se dresse sur ses pattes arrière.

Skor pousse un hennissement terrifiant. Puis il ouvre ses ailes

immenses et s'envole dans
le ciel.

Tom recule et trébuche
sur Elena.

Les ailes de la Bête sont
violettes et ont le bout doré.
Incrustée dans un des sabots
du cheval, Tom aperçoit une
grosse pierre précieuse, d'un
vert émeraude.

Skor plonge vers Tom et Elena, et ses sabots brillants frappent le sol, si brutalement que la terre tremble autour d'eux.

— Je vois que vous avez peur de mon cheval ! lance tout à coup une voix.

Quelqu'un descend du dos de la Bête. C'est un garçon aux cheveux roux. Une épée de bronze est attachée à sa taille. Tom le reconnaît aussitôt.

— Seth !

— Tu ne t'attendais pas à me revoir ?

Tom l'a déjà rencontré, quand il était en mission pour aider les dragons jumeaux, Vedra et Krimon. En le voyant, il comprend que Seth est encore sous les ordres de Malvel...

Tom dégaine son épée. Aussitôt, Seth prend la sienne avec un sourire moqueur.

— J'avais envie de me battre contre toi encore une fois ! déclare-t-il.

Puis il se retourne vers la Bête et lui montre la forêt.

— Va, Skor ! Obéis aux

ordres de Malvel et occupe-
toi de notre prisonnier !

Le cheval hennit et s'en-
vole.

Tom serre très fort le
pommeau de son épée.

— Reste à l'écart, mur-
mure-t-il à Elena.

Elle court se cacher dans
des buissons.

— Qu'est-ce que tu as fait
à Epos ? demande Tom à
Seth.

— Tu ne le reverras plus
jamais ! répond Seth avec
un rire cruel.

Tom brandit son épée et

se jette sur le garçon, mais celui-ci évite facilement la lame.

À son tour, Seth se précipite sur Tom, qui pare le coup d'un geste. Seth essaie de le frapper à nouveau, quand Tom bondit sur le côté et place son bouclier devant lui.

Seth, rouge de colère, s'élance à l'attaque et leurs épées s'entrechoquent.

— Tu vas bien finir par te rendre, siffle-t-il, les dents serrées.

— Ça m'étonnerait, réplique Tom. Jamais je n'abandonne un combat !

Il repousse Seth avec son bouclier et les deux ennemis roulent sur le sol.

Par chance, Tom se redresse le premier.

Seth, furieux, se relève et fonce sur son adversaire, l'épée brandie. Mais Tom passe derrière Seth : il agrippe son bras et place son épée sous sa gorge.

— Tu es vaincu ! s'écrie-t-il. Lâche ton arme !

Seth obéit.

Tout à coup, un hurlement perçant résonne dans la forêt. Tom est obligé de libérer Seth pour couvrir ses oreilles de ses mains. Il a même du mal à rester debout !

Le cri s'arrête brusquement. Seth en a profité pour s'enfuir.

Tom est inquiet : ce cri est celui d'une Bête qui souffre. Il est temps d'aller secourir Epos !

Chapitre sept
À la recherche d'Epos

om et Elena partent en courant dans la Forêt Tropicale. Les arbres sont encore plus hauts que les tours du château du roi Hugo.

Soudain, un homme apparaît derrière un tronc et s'avance vers eux en boitant. Tom et son amie le connaissent : c'est

Kerlo, le gardien des Portes séparant Avantia et Gorgonia.

— Bonjour, voyageurs ! les salue Kerlo. Est-ce que vous faites bonne route ?

— On doit sauver Epos, explique Tom. Il est retenu prisonnier dans la forêt.

— Je vous avais prévenus ! répond Kerlo d'un ton moqueur. De nombreux dangers vous attendent dans le royaume de Gorgonia.

— On est courageux, assure Tom.

— C'est drôle, Taladon, ton

père, disait la même chose.

Taladon ! Tom n'a jamais connu son père, qui a disparu avant sa naissance.

Kerlo se retourne et s'éloigne déjà entre les arbres.

— Attendez ! s'écrie le garçon. Parlez-moi un peu de mon père !

Epos pousse de nouveau un hurlement, plus faible que le premier.

— Viens, lui conseille Elena. On n'a pas de temps à perdre.

Les deux amis repartent à travers la forêt. L'air est

lourd et on dirait que des ombres se déplacent autour d'eux.

Tout à coup, Elena pousse un cri.

— Qu'est-ce qu'il y a ?

— Là ! J'ai vu… des yeux !

Tom examine les environs.

— Reste près de moi, conseille-t-il à la jeune fille pour la rassurer.

Pourtant, comme elle, Tom a l'impression que quelqu'un les observe.

— Je serais plus tranquille si Silver était avec nous, déclare Elena.

Tom regrette lui aussi d'avoir laissé Tempête.

Bientôt, les lianes deviennent plus épaisses. Le garçon dégaine son épée pour les trancher.

Un peu plus loin, il découvre une énorme empreinte de sabot sur le sol.

— Skor est passé par ici, chuchote-t-il. Suivons cette piste !

Très vite, ils arrivent à la lisière d'une clairière.

— Prudence, murmure Tom. C'est peut-être un piège.

Il regarde entre les arbres et aperçoit… Epos ! L'oiseau-flamme est sur un nid de feuilles. Ses plumes ont perdu leur bel éclat doré et ses yeux ne brillent plus comme avant.

— Regarde, souffle Elena, on dirait qu'une de ses ailes est blessée.

— Oui, il ne peut sûrement plus voler.

Elena sent les larmes lui monter aux yeux.

— Il doit vraiment souffrir !

— C'est de la faute de Malvel et de Seth, son serviteur ! répond Tom, en colère.

Tous deux s'avancent dans la clairière et se dirigent vers Epos. Quand la Bête les remarque, elle lève son bec et pousse un petit cri.

— Tu crois que la serre magique va guérir sa blessure ? demande Elena.

— Je ne sais pas, mais il faut essayer.

Tout à coup, à l'autre bout de la clairière, ils entendent un bruit… et la terre se met à trembler sous leurs pieds. Des sabots dorés écrasent le sol !

Chapitre huit

Le cheval ailé

Skor se précipite dans la clairière en brisant des branches à son passage. Epos pousse un cri terrifié.

Seth court derrière la Bête, l'épée à la main. Tom n'a pas le temps de dégainer la sienne ! Par chance, Elena est plus rapide : elle fait un croche-pied à Seth, qui tombe en avant. Puis la jeune fille s'empare de lui et lui ligote les poignets avec une liane.

— Attention, Tom ! s'écrie Elena en retenant Seth.

Skor pousse un hennissement effrayant. Tom s'écarte du nid pour éloigner le cheval ailé d'Epos. Soudain, la Bête se jette sur lui ! Le garçon bondit sur le côté pour l'éviter.

— Aide-moi ! ordonne alors Seth à Skor.

Le cheval ailé se précipite sur Elena. Avec courage,

l'oiseau-flamme essaie de sortir de son nid, mais il n'y arrive pas. Aussitôt, Tom ramasse une grosse pierre et vise la tête de Skor !

La Bête s'écrase sur le sol en grognant de fureur. Elle se relève et s'élance de nouveau sur Tom. Le garçon a juste le temps de rouler sur le côté et il se cache derrière un gros tronc d'arbre.

Elena entraîne Seth avec elle et va rejoindre son ami, à la lisière de la clairière.

Tom réfléchit : il ne peut

pas combattre la Bête en restant au sol. Il a une idée ! Il commence à grimper à l'arbre.

Quand Skor l'aperçoit, le garçon est déjà arrivé à la hauteur du dos de la Bête.

Les yeux de Skor lancent des étincelles argentées. Tom dégaine son épée mais l'arbre se met à trembler, comme si un grand vent l'agitait.

— Descends tout de suite !
lui crie Elena.

Tom comprend ce qui se
passe : la Bête est en train
d'arracher l'arbre ! Les
branches craquent et le garçon se dépêche de redes-
cendre... mais il est trop
tard !

L'arbre se balance d'un
côté puis de l'autre. Un
grincement terrible retentit
pendant que le tronc bas-
cule. Le garçon saute de
l'arbre et atterrit sur le sol
couvert de mousse.

Skor arrive vers lui au

galop. Tom, son arme à la main, lève son bouclier. Puis il se jette sous les sabots dorés du cheval ailé, en donnant des coups d'épée dans les pattes de la Bête. Tom réussit à la toucher ! Mais en un instant, la blessure se referme sous ses yeux étonnés.

— Comment est-ce que je vais vaincre un monstre qu'on ne peut pas blesser ? demande le garçon, désespéré.

Seth éclate de rire.

— Vous allez mourir, toi

74

et Epos !

— Il faut viser la tête de Skor ! lance alors Elena. C'est le seul moyen de l'atteindre !

Dès que Skor se dresse sur se pattes arrière, Tom en profite pour s'accrocher à l'une de ses pattes avant. La Bête se cabre. Tom, secoué dans tous les sens, lâche son épée. Il est projeté dans les airs et il s'écrase sur les feuilles de l'arbre arraché. Aussitôt, Skor se précipite vers lui en ouvrant ses ailes immenses.

— Relève-toi ! hurle
Elena.

Tom se redresse comme il
peut. Il a perdu son épée,
mais il n'a pas l'intention
d'abandonner mainte-
nant !

— Tant que je serai en
vie, je combattrai Malvel et
ses Bêtes ! s'écrie-t-il en plaçant son bouclier devant
lui.

Chapitre neuf

Un combat risqué

Les sabots de Skor retombent sur le bouclier de Tom, mais il ne se brise pas. Soudain, le cheval ailé pousse un hennissement de douleur : une flèche d'Elena vient de s'enfoncer dans son flanc !

La jeune fille court vers Tom tout en décochant une autre flèche.

— Fuis ! lance-t-elle à son ami. Je ne vais pas le retenir longtemps !

Tom remarque un étang rempli de roseaux à l'autre bout de la clairière et, tout à coup, il a une idée : il se rappelle que les chevaux peuvent se calmer en entendant des murmures.

Il se précipite vers l'étang et arrache un roseau.

— Il ne me reste plus aucune flèche ! s'écrie Elena.

Skor galope vers la jeune fille. Tom place le roseau entre ses mains et souffle dedans. Une note aiguë en sort. Elena se recroqueville contre le sol, et se bouche les oreilles. Epos plonge la tête dans son nid.

Skor, lui, s'immobilise alors et secoue sa crinière.

« Ça marche ! » se félicite

Tom, en continuant de
souffler dans le roseau. Au
même moment, le cheval
ailé baisse la tête et ferme
les yeux.

— Tom ! chuchote Elena
en lui montrant son épée.
Ton arme est ici !

Discrètement, le garçon va
la chercher, puis il s'approche
de la Bête.

— Fais attention, le prévient son amie. Il faut que tu grimpes sur son dos pour atteindre sa tête.

— Skor, réveille-toi ! hurle brusquement Seth.

Le cheval ailé rouvre les yeux, mais Tom agit vite : il jette son épée de toutes ses forces en direction du cheval ailé. La lame atterrit sur le crâne de la Bête, qui se dresse sur ses pattes arrière en poussant un hennissement de douleur.

Skor est comme pétrifié et ses sabots ne retombent

pas sur le sol : on dirait une statue.

— Qu'est-ce qui se passe ? demande Elena, stupéfaite.

En un instant, une lumière verte s'enroule autour des pattes de la Bête et des cristaux commencent à recouvrir son corps : Skor est maintenant enfermé dans une prison d'émeraude ! Elena la contemple avec admiration.

Aussitôt, Seth en profite pour s'enfuir en courant. La jeune fille se lance à sa poursuite, mais elle trébuche sur une liane et tombe en avant. Pendant ce temps, Seth disparaît dans la Forêt Tropicale.

— J'aurais pu le rattraper… s'excuse Elena.

— Ce n'est pas de ta faute, affirme Tom. Et je suis sûr qu'on le reverra bientôt…

Elena remarque quelque chose qui brille au milieu de la clairière. Elle va ramasser l'objet : il s'agit de l'émeraude qui était incrustée dans le sabot de Skor.

— Une autre pierre précieuse pour ta ceinture !

annonce-t-elle à son ami.

— Je me demande quel pouvoir elle a, répond Tom en plaçant l'émeraude dans la deuxième encoche de cuir.

Tout à coup, ils entendent un gémissement. Ils se retournent vers l'oiseau-flamme.

— Epos ! s'écrie Elena. On dirait qu'il va mourir…

— Il faut qu'on trouve un moyen de le sauver ! s'exclame Tom.

Chapitre dix

L'émeraude magique

Tom et Elena examinent l'aile blessée de l'oiseau-flamme.

— Je vais essayer d'utiliser la serre magique, décide le garçon.

Il prend l'objet incrusté dans son bouclier et le frotte sur la blessure d'Epos.

— Il ne se passe rien ! se lamente-t-il.

— Tom, regarde ta ceinture ! s'exclame son amie.

Le garçon baisse les yeux : l'émeraude brille légèrement.

— Peut-être que ça peut marcher… murmure-t-il.

Il prend la pierre précieuse et la place sur la blessure de l'oiseau-flamme. L'émeraude se met à étinceler et la clairière se remplit d'une lumière verte.

Lentement, l'aile d'Epos

remue et ses plumes repoussent peu à peu par-dessus la blessure !

— Cette pierre a le pouvoir de guérir ! s'écrie Tom.

La Bête lève la tête en poussant un petit cri de remerciement. Puis elle déploie ses ailes : Epos a repris des forces !

D'un battement d'ailes, l'oiseau-flamme s'envole vers la cime des arbres.

Et soudain, un pan de ciel bleu apparaît. Puis, des tours en pierre et des drapeaux qui flottent au vent.

— C'est un portail vers Avantia ! comprend Elena.

— Il y a même le château du roi Hugo ! ajoute Tom.

Les deux amis agitent la main en direction de la Bête.

— Au revoir, Epos !

Le rubis incrusté dans la ceinture du garçon se met à scintiller et il entend dans sa tête Epos qui les remercie.

— On a réussi à délivrer une autre Bête prisonnière de Malvel ! constate Elena.

— Et on a aussi vaincu une deuxième Bête maléfique, ajoute son ami. Maintenant, il faut retrouver Tempête et Silver. Ils doivent s'inquiéter.

Tom et Elena retournent à la lisière de la forêt. Le cheval et le loup les attendent de l'autre côté du précipice.

— Comment est-ce qu'on va le franchir ? demande Elena. Il n'y a plus de pont !

Tout à coup, l'air se met à tourbillonner devant eux et Aduro apparaît.

— Félicitations, mes amis ! déclare le bon sorcier. Vous êtes de véritables héros ! Maintenant, laissez-moi vous aider.

Tom sent ses pieds décoller du sol. Près de lui, Elena éclate de rire. Ils sont transportés dans les airs, au-dessus du précipice !

— J'ai l'impression d'être

un oiseau ! crie la jeune fille.

Ils atterrissent de l'autre côté et roulent dans la poussière.

Tom se retourne, mais Aduro a déjà disparu.

Tempête arrive au galop et frotte son museau contre le visage du garçon. Silver se blottit contre Elena.

Au même moment, Tom

s'aperçoit que la dent du serpent de mer incrustée dans son bouclier s'est mise à vibrer...

— Elena, il faut qu'on reparte tout de suite !

— Pourquoi ?

— Regarde, répond Tom en montrant son bouclier. Sepron est en danger...

Une nouvelle mission les attend !

Fin

Plonge-toi dans les aventures de Tom à Avantia !

LE DRAGON DE FEU

LE SERPENT DE MER

LE GÉANT DES MONTAGNES

L'HOMME-CHEVAL

LE MONSTRE DES NEIGES

L'OISEAU-FLAMME

LES DRAGONS JUMEAUX

LES DRAGONS ENNEMIS

LE MONSTRE MARIN

LE SINGE GÉANT

L'ENSORCELEUSE

L'HOMME-SERPENT

LE MAÎTRE DES ARAIGNÉES

LE LION À TROIS TÊTES

L'HOMME-TAUREAU

À Gorgonia, Tom et Elena ont déjà vaincu Torgor, l'homme-taureau, et Skor, le cheval ailé.

Le garçon a maintenant de nombreux pouvoirs, un rubis pour communiquer avec les Bêtes et une émeraude qui guérit leurs blessures. Mais ce n'est pas fini : Sepron, le serpent de mer, est en danger !

Découvre la suite des aventures de Tom dans le tome 17 de **Beast Quest** :

NARGA, LE SERPENT MARIN

Les légendes d'Avantia

**Découvre les aventures
de Yann dans**

Le Masque
de la Mort

Yann est un Cavalier. Il a été
choisi par Firepos, une des
Bêtes légendaires d'Avantia.
Alors que le cruel général Gor
détruit tout sur son passage
pour retrouver le Masque
de la Mort, Yann et son oiseau-
flamme cherchent les autres
Bêtes et leurs Cavaliers.
Ensemble, ils doivent déjouer
les plans du général et délivrer
le royaume du Mal.

Table

« Pour l éditeur, le principe est d utiliser des papiers composés de fibres naturelles, renouvelables, recyclables et fabriquées à partir de bois issus de forêts qui adoptent un système d aménagement durable. En outre, l éditeur attend de ses fournisseurs de papier qu ils s inscrivent dans une démarche de certification environnementale reconnue. »

Imprimé en France par Jean-Lamour - Groupe Qualibris
Dépôt légal : août 2011
20.07.2424.8/01– ISBN 978-2-01-202424-3
Loi n° 49956 du 16 juillet 1949
sur les publications destinées à la jeunesse